夜行性動物

徐珮芬

徐珮芬——

花蓮人，清華大學臺灣文學研究所畢業。曾獲林榮三文學獎、清華大學月涵文學獎、周夢蝶詩獎等。曾出版詩集《還是要有傢俱才能活得不悲傷》（2015）、《在黑洞中我看見自己的眼睛》（2016，啟明）、《我只擔心雨會不會一直下到明天早上》（2017，啟明）。

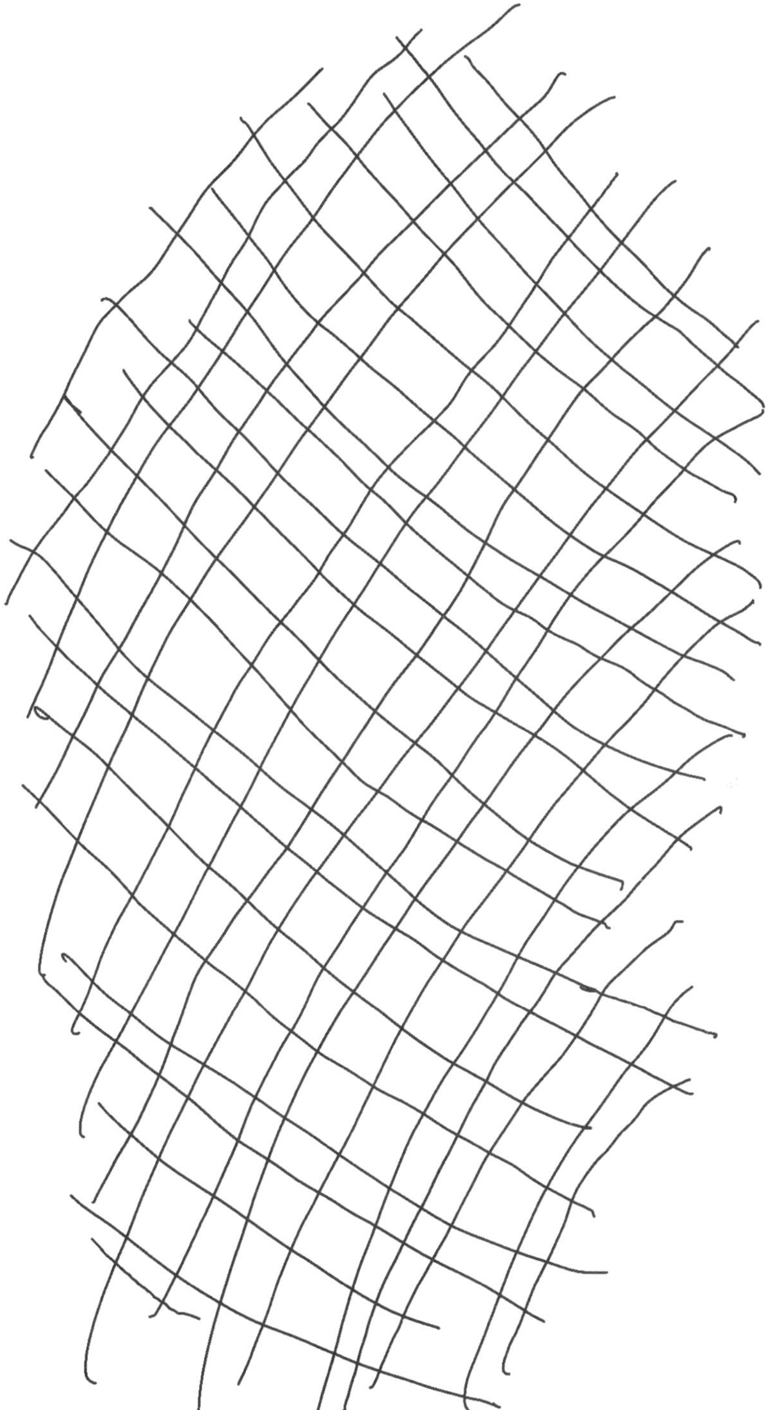

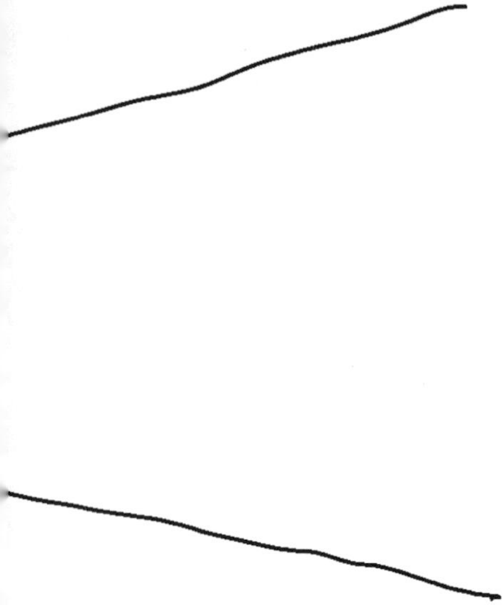

以前我不知道
愛是一把真槍

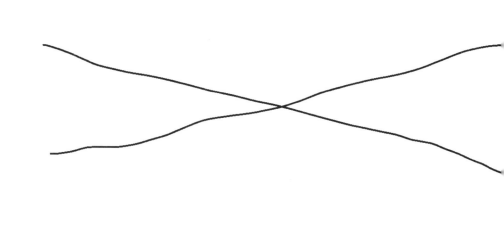

你不覺得她很適合看貓嗎

你不覺得她很適合看貓嗎
蹲在落雨的街燈下
也不撐傘
靜靜地等待

你不覺得她很適合等待嗎
坐在咖啡店
手裏拿著讀到一半的小說
望著窗外
人往人來

你不覺得
她需要被經過嗎
意外的擦肩
來自陌生人的一聲抱歉
就能讓她
覺得安慰

你不覺得
她總是在表演嗎
輕易讓人看見眼淚
也很常沉下臉
可是她的嘴角
有歡快的痕跡

你不覺得她應該養隻貓嗎
爲牠拍照
餵牠飼料
爲牠抓狂
爲牠微笑
在牠生病的時候跟著生病
在牠尖叫的時候一起尖叫

在牠離開以後
回到落著雨的夜晚
在街燈下
靜靜地等待

如果你看到她
就借她一把傘

俘虜

跟你說話
不讓你講

教你識字
不給你筆

替你鋪床
不讓你睡

爲你放場電影
矇住你的眼睛

送你一堆傢俱
不給你一個家

替你蓋間樹屋
然後把樹砍掉

給你小豬撲滿
讓你儲存希望
讓你開始相信
自己有一天
可以逃離這地方

最後你得親手砸爛一切
才能奪回最初的夢想

做個夢給你

給你藥
給你圍巾
給你一支菸的時間
讓你深深嘆息

給你雪靴
給你登山背包
給你一張單程車票
送你到月台
凝視你的背影

給你眼淚
給你眞心
讓你不知道該不該帶上我
一起遠行

給你鑰匙
給你刀子
讓你覺得自己
能夠做些大事

給你擁抱
給你被子
裏面縫滿星空
還有一些耳語
天一亮起
我就離去

星期六

星期六的晚上
想必有些美好的事情
正在我不知道的地方發生
例如有人能用愛彎曲湯匙
有人被愛彎曲

今天不用上班
適合舉辦婚禮
以及偷情
或者躺在床上睜大眼睛
想像你愛的人和他的愛人
睡到自然醒

今天是星期六
應該到海邊去
把所有的石頭
漆成蘋果
拿到婚禮現場去發送

孤單的星期六
你寧可相信
自己正在被某個人祕密想念
他只敢在他的夢裏吻你
他清醒時害怕你

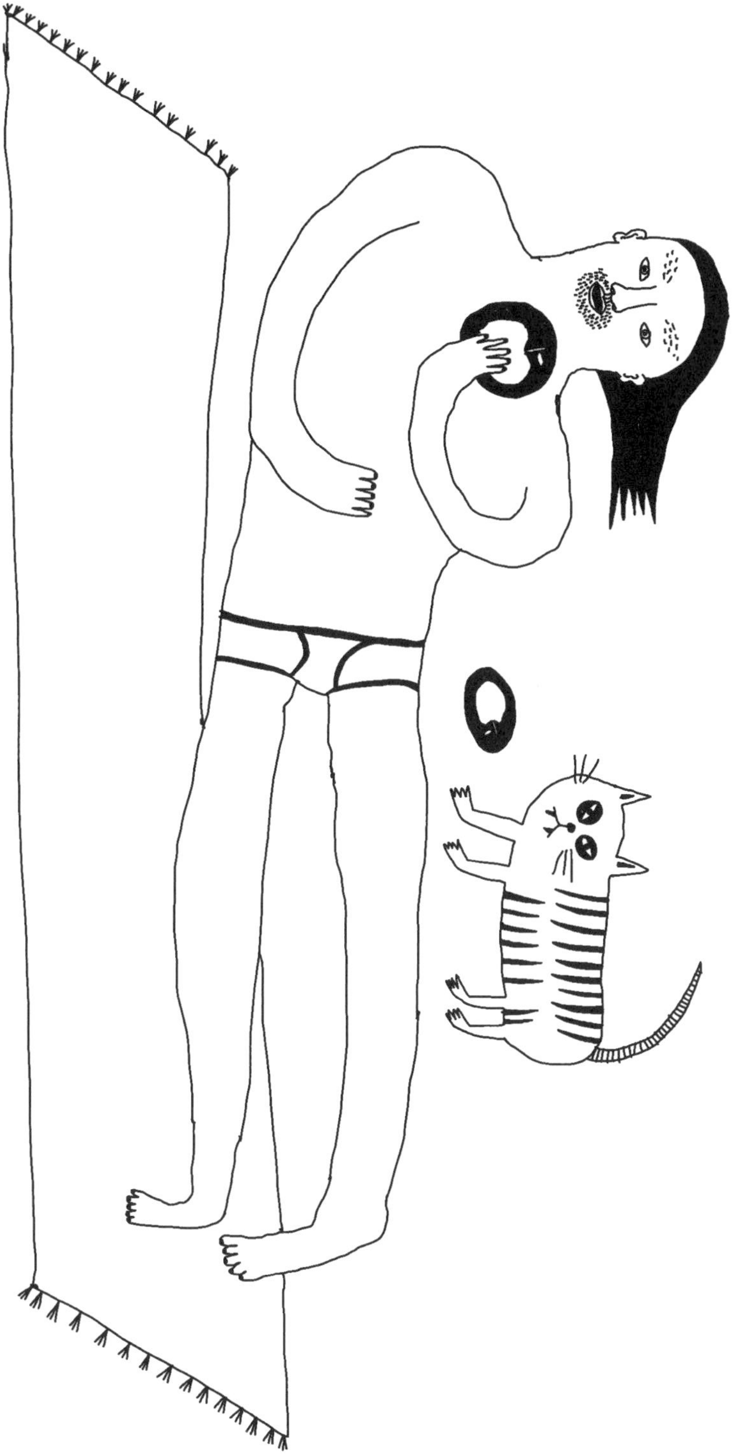

星期五

星期五
把軟弱交給明天
把電影排到後天
至於死亡
下禮拜再說

星期五
辦公室的燈都熄了
7-11 與地獄照常營業
森林裏有螢火蟲在尋找眞愛
城市裏有暴露狂在轉角等待救贖
我的冰箱裏放了幾罐啤酒
它們下禮拜就會被喝掉
我忌妒它們存在就是爲了被喝掉
它們甚麼都不知道

星期五，做一個比平常
更自由的人
例如袖手旁觀一場車禍
例如在電影院把衣服脫光
或是將自己變成一罐啤酒
掏錢的人就可以喝掉我
但我不該被任何人審判
審判，是工作日的事

多希望當我說愛你時
你會被我嚇到
那麼我便可以無憾地死
下禮拜就死

情詩

來擁抱我
用雙臂圍成一座避難所
相互依偎
在遠方傳出爆炸聲時
餵我吃糖果

我自溫馨
快樂得不用吃藥就能睡覺
我的冬天全在你的掌中
開始融化

自全清涼
在你面前
所有的祕密都開成花
任你摘取
任你吸吮

來擁抱我
施展你最擅長的魔法
彈指間
將我變作煙灰

註：每段第一句借自木心〈大衛〉片段：
「……來擁抱我／我自溫馨／自全清涼／來擁抱我」

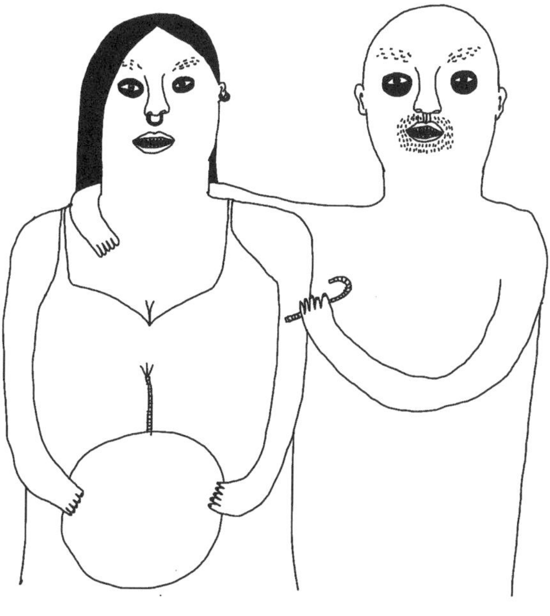

曖昧

以不可思議的速度下墜
快得沒人記得自己當初
爲何走進電梯

在抵達目的地前
只好挨著彼此
凝望樓層按鈕
假裝緊急呼叫鈴
不在身後

在門重新打開前
誰能預知終點
是新的地獄
或昔日的孤寂

殉情失敗的午後

如果在一個極端普通的下午
恍恍惚惚地醒來
發現我們殉情失敗
那就來進行最普通的色情動作吧
讓我流出最平凡的孱弱
誰害怕誰看見

如果你也不想哭
就別勉強笑了吧
世界並不需要我們
就像我們也不需要彼此
才能成功地死
找你一起
只是爲了上電視

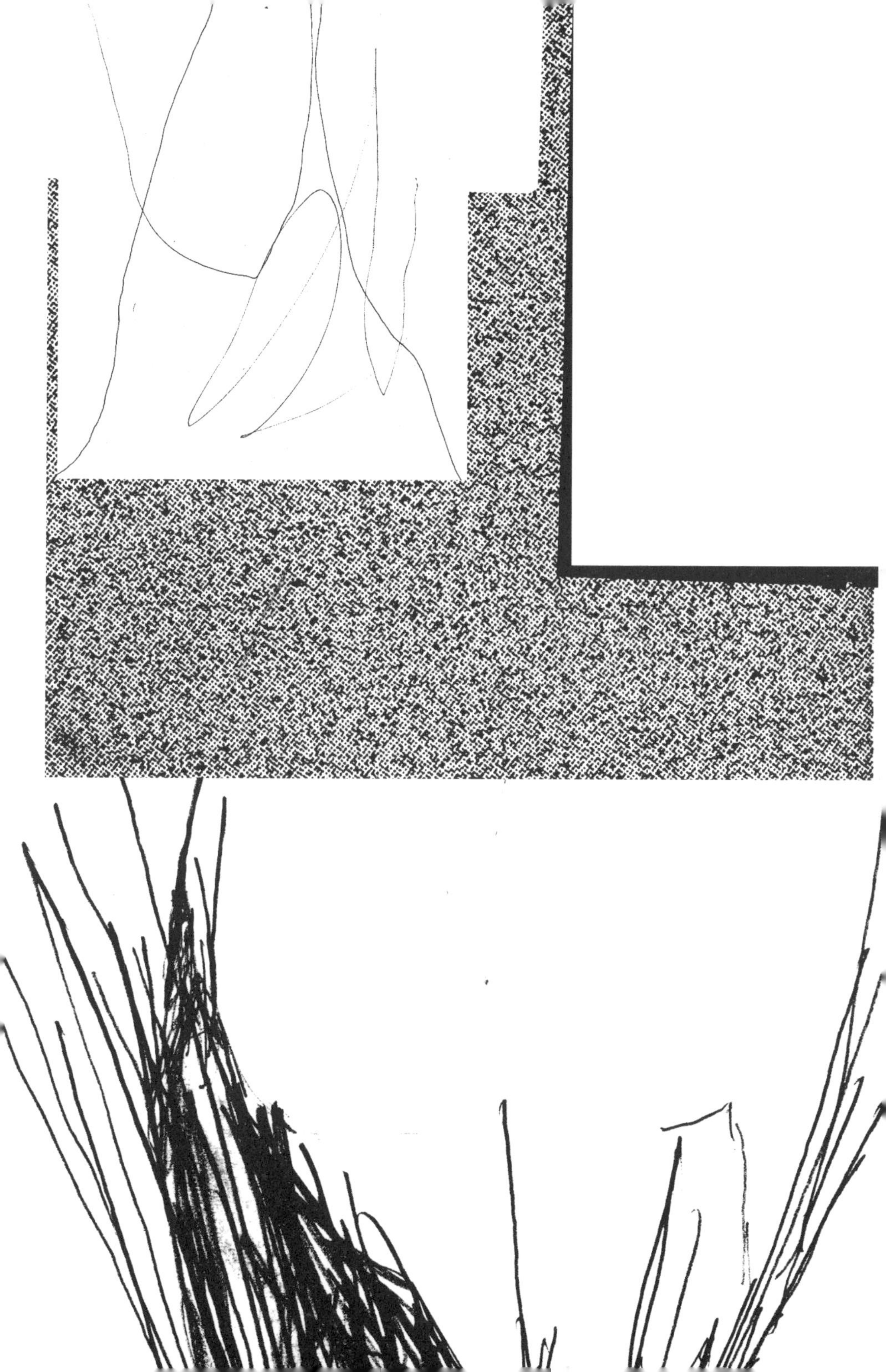

但我希望自己可以成爲更好的人

「你不需要成爲更好的人」——潘柏霖

但我仍希望自己
可以成爲更好的人
例如比現在強一點
再強一點，毀滅這個世界
然後再拯救你
只拯救你
給你幸福的錯覺

有時候我希望自己
有能力毀滅自己
那麼我就可以變得比現在
更好一點，聽著你說
與我無關的事情
整夜，明白自己
不可能出現在你的夢裏
也不在意

我多麼希望自己
是你手中的那本詩集
那麼我就可以躲在你的包包裏
一起旅行
被你誦唸
被你摺頁
被你用螢光筆標記
我一生的重點

可以的話，眞希望自己
能演你喜歡的電影
我會打扮成你喜歡的樣子
漫步在你喜歡的城市
透過鏡頭凝視你
再從螢幕中爬出來
只爲擁抱你
要你知道
我就喜歡這樣
討厭自己的你

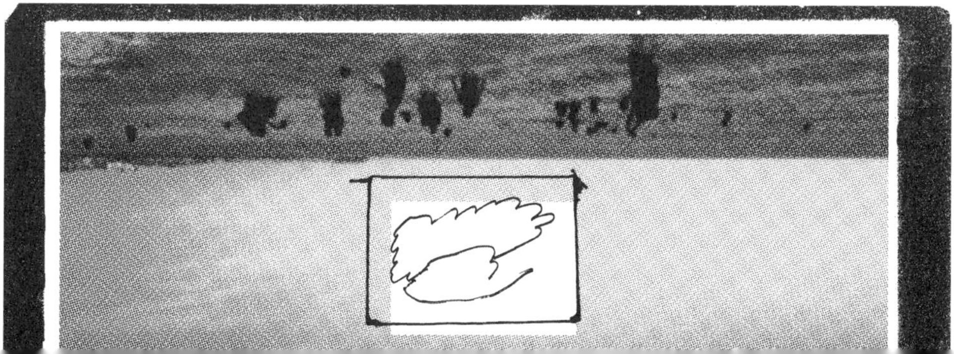

眞空包裝

如果你今晚可以睡我這就好了
雖然我將不知道該和你說甚麼

睡不著的話，就拿架上的書吧。
那些書我一本都沒看完
內頁乾淨得像微風
吹過翠綠的草原

如果你能專心讀書
我將睡得很好
窗外靜靜下起了雨
沒有人知道

我將睡得很熟
將夢到一座長長的走廊
盡頭有個人影
他無論如何
不轉頭看我

如果我能在作夢的時候流淚
就好了，如果
在我流淚的時刻
你願意放下讀到一半的書
輕聲唱歌
就好了

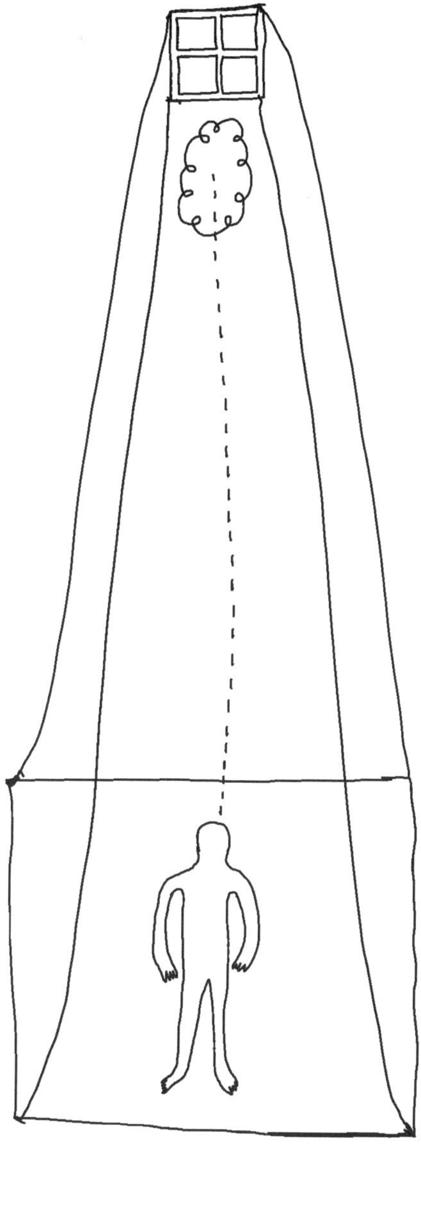

聖誕結

等我從永無止盡的促銷廣告中爬出來
等我從深不見底的淺眠中自然醒來
等我從名爲社會的鐵幕中
越獄出來，洗淨自己
醜陋的身體
去找傷害過的人
要回那隻
忘記帶走的牙刷

等我想清楚自己爲何來到這世上
再買隻不會走的手錶
遮住傷疤，將安眠藥
全部藏在胃裏
今晚，把自己打成蝴蝶結
你若願意拆
我就鬆開

Happy Ending

—— 致黎耀輝與何寶榮

別管那些還沒曬乾的枕套啦
脫掉用來遮住刀痕的袖套吧
想活需要錯覺
清醒需要幻覺

七月的尾巴
無風的午後
突然想拍部莫名其妙的公路電影
畫面上最好只有我
一手開著偷來的車
一手隨意地摟著你
一鏡到底

有一種演化
是回到水裏
看其它魚……
一隻隻走上陸地

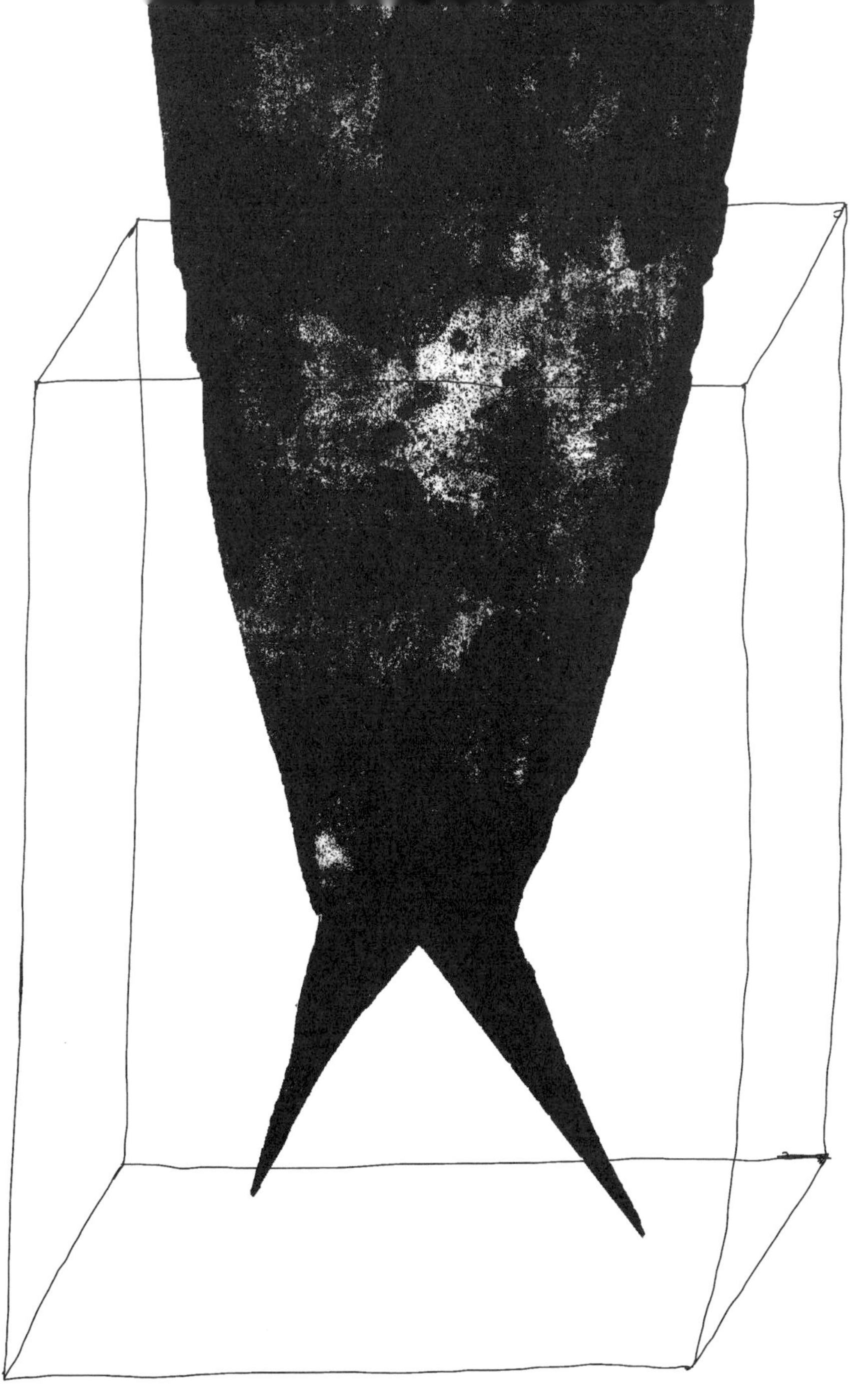

假如生活欺騙了你

有時父母會欺騙你
說只要你快樂長大

有時童話會欺騙你
讓你以爲這世界上
沒有永遠的醜小鴨

有時課本會欺騙你
讓你專程跑到河邊
看小魚逆流向上

有時總統會欺騙你
就像情人一樣
上了之前說的話
總是比較動聽

有些傷心的人會騙你
答應你要好好活下去
其實是要你答應
沒有他，你也要好好活下去

假如生活欺騙了你
你就騙回去
拿根菸，從容走上樓頂
讓他們以為你不過
想看看天空的雲

註：「假如生活欺騙了你」
出自普希金（Aleksandr Sergeyevich Pushkin, 1799-1837）
同名詩作〈假如生活欺騙了你〉

愛

曾有人在夜裏交換慾望
於是你來到這世上

他們撬開你的嘴巴
餵你祝福和期許
他們爲你穿上衣服
好讓你看起來跟其他人
沒有兩樣

你的影子在他們看不見的地方抽長
你模仿他們的手勢和眼神
與魔鬼交易
當他們偷翻你的日記
丟掉你的藥
藏起你心愛的美工刀

他們說你對不起自己

你把自己鎖在他們給的房間
將他們流在你身上的血
慢慢放光
你知道他們永遠不會發現你已長大
就像那年聖誕節早上
他們把玩具放在枕頭旁
沒發現你裝睡

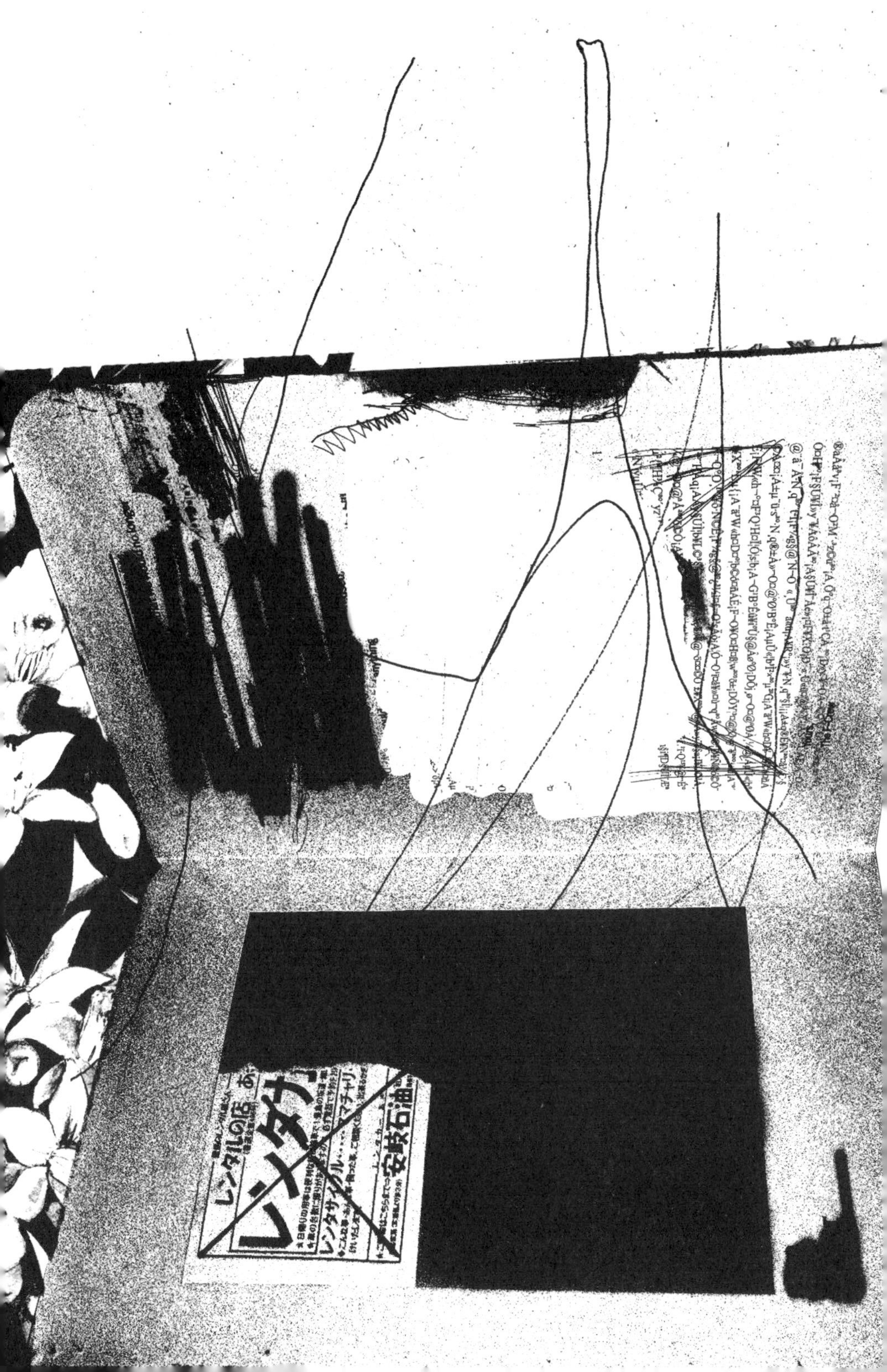
レンタルの店
レンタサイクル

中二病

中學二年級時，他常獨自爬上樓頂
最喜歡看電影裏的女人抽菸
徹夜不睡，在腦中幫未來的自己設計刺青
想像有隻修長的手指
拂過那獨一無二的圖案
笑著問「這是怎麼來的？」

中學二年級時，他堅信自己不可能活過
三十歲，計畫離世前要孤獨地
環島旅行
必然要孤獨地
拜訪所有地圖沒有詳註的地方
必然會和甚麼相遇
神
極光
一座沒人見過的湖泊
或一具完整的屍體

後來，他也跟所有人一樣
平安長大，被說好的世界末日放鴿子
活過地震、颱風和幾場輕微的車禍
每個早晨神志不清地出門
每個傍晚神清氣爽地下班
回家，手裏提著涼掉的晚餐
不再只專心愛一個人
也不再讀專心憂傷的詩
對每一個溫馴的請求
毫不懷疑地回聲「好」
對每一張心不在焉的臉孔
回報以心不在焉的微笑

偶爾，他站在辦公室外面陽臺
望著其實並不遠的遠方
風總把他吐出來的煙
又吹回自己身上
他突然想起了甚麼
像是曾經撒過的謊
卻忘記該跟誰道歉
不僅手邊沒斧頭
這座城市中
也找不到櫻桃樹

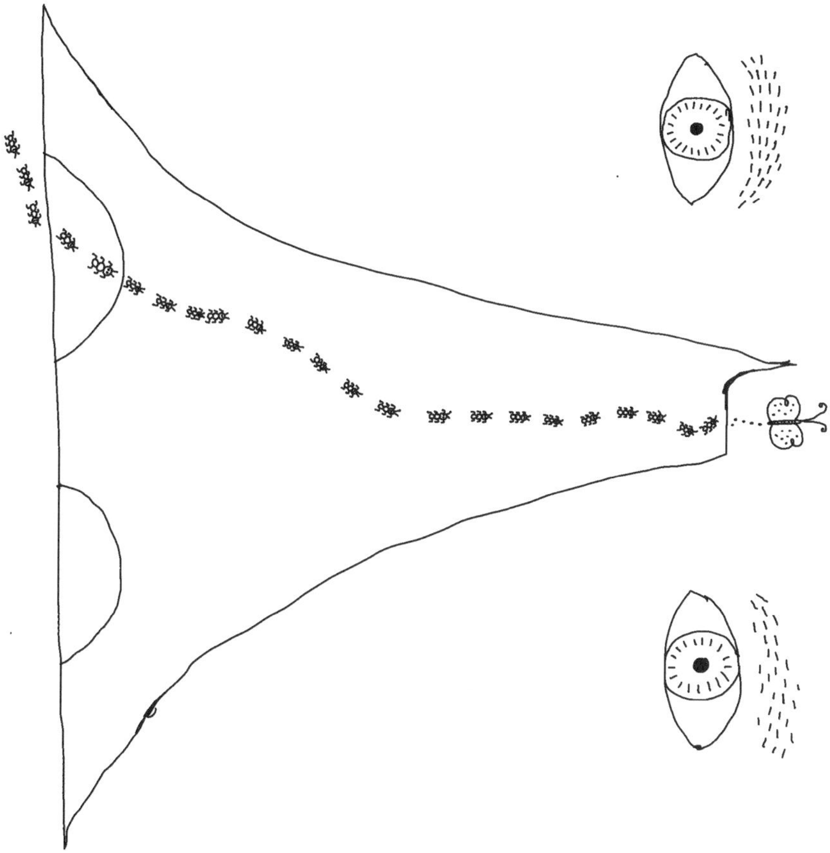

童話都知道

剖開野狼的肚子
才發現女孩
不想被找到

小朋友不知道
要親手殺死誰
才能結束童話

等待白馬王子
把蘋果塞進
公主的腿間

愛就是咬著尾巴不放
直到全世界
都變成奶油

好看的人
值得幸福快樂的日子
至於其它
通通別想

樂園

阿姆斯壯的腳印
被遺忘在月球表面
遠方的藍色星球上有個男人
靠著電線桿吐出剛剛的晚餐
他在地獄裏擁有無遠弗屆的自由
忘了心中的小孩
只想坐太空船

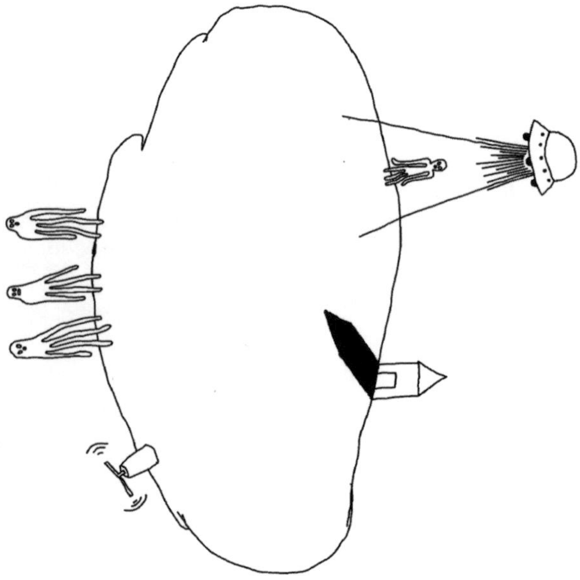

樂園 II

她站在月台上看著列車緩緩
離開，從窗子伸出手揮別的
是她的未來
她不難過
只想著下一刻要親吻軌道
如蘋果奔向弓箭

爲了偷天使的翅膀
他一個失足
墜落到太高的地方

善心人餵養的魚骨頭
刺穿牠脆弱的胃腸
牠在今年春天來到這世界
還不知道寒冷

信徒們在祂的臉上塗鴉
判定祂扯了漫天大謊
人群散場後祂倒在地上
淚水流出被挖空的眼窩
只恨自己的神蹟
顯現得太慢

愛 II

你的手那麼軟，軟到握不好刀子。

他教你把衣服脫下，但你要自己學會穿上，學會把恐懼和憂傷塗成黑色。

關上燈，就甚麼也看不見。

你要學會哭，學會習慣性遲到。睡過頭，還說自己在路上。
如果有人不相信你，就表示他愛你。

你要學會愛回去。
眞正羞辱人的方式，就是無條件的愛。

如果擁有傢俱
我們就不會悲傷
了嗎？

你是四月的謊言

四月是說謊的月分
在愚人節發誓相愛
接下來開始規劃旅行
打掃房間
種花，寫詩給對方
豢養寵物
並且開始相信占卜

在綿密的雨裏
共撐一把小小的傘
涉過水窪
漩渦和暗礁
當我倆居住的城市緩緩沉進海溝
信愛者得永生

在安靜的房裏
為彼此吹乾頭髮
用手指滑過嘴唇
但不親吻
親吻是深水炸彈
說好不互相傷害

在互相傷害後的清晨
背對背入睡
在夢中說服自己
四月已過了一半

看見我捨不得撕日曆
你也勇敢了起來
還沒到站
就先離開

後來只剩下我
一直在我們的房間裏
旅行，用牆上的水痕
卜卦命運

用花瓣在泥地上
排出一首又一首
潮濕的情詩
四月的每一場雨
都與你無關

五月病

我爲你編織了許多藉口
你都沒用就走了
我穿的衣服都是你摺過的
我的手腳是爲你長出來的
現在你就這樣不告而別
連這個家
都替你感到慚愧

你不知道天花板掉下來的灰塵
砸碎了我的一生
只要一聲「喂」
就能讓一切重新完整

從前只要我哭你就會帶蛋糕來
後來每當我想吃糖
就用美工刀在手上畫畫
家、大海、甜甜圈
眼前螞蟻排著長長的隊伍
扛著我的手臂離開我們的床

世界安靜得像你生氣時的眼睛
手機一定是在我不知道的時候
自殺了，爲了怕我發現
螢幕上還顯示著
我們的合照

瘟疫在愛蔓延時

在愛裏我總是丟失名字
身分與財富
一無所有
只求病得更重
不怕濕透衣衫

鞋子進水
踩著泥濘
一步步陷進伸手不見五指的漆黑
自以爲春光明媚

傷心欲絕
只因你不願冒犯我
像望著天邊的烏雲
站得那麼遠

我不想再好起來了
如果眼中的鬼火都熄滅
怎麼抵達你心裏的終點
畢竟殊途
也未必能同歸

你只在意雨

我喜歡在傍晚寫信
給未來的自己
你只在意雨會不會下到明天早上
傷心有很多種
你選擇體面
我選擇你

後來我才明白
烏雲是怎麼形成的
也學會了在街角看到你們時
若無其事
壓低你送的帽子

我還在等待我寫給自己的信
我不明白甚麼是愛
明明你曾爲我
哭得那麼難過

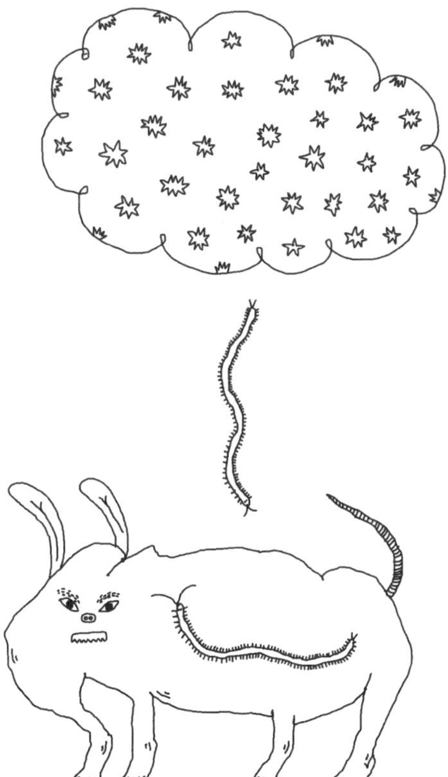

對不起

本來只是想把我們
縫得更緊
卻忘了手上的針
會刺傷人

身體都記得

身體都記得我們曾經相擁睡過了
好天氣，差點錯過了電影
我的掌心一不小心記住了兩張票根的重量
後來再也捧不住
別人送的花

身體都記得那些寒流來襲的夜裏
冰冷的腳掌相互摩擦
在被窩中劃出一道道
流星，卻來不及許願：
神，請務必讓未來的我們
懂得遺忘此刻

倘若能把自己的身體裝進漂流瓶
關於你的回憶
是不是就能變成祕密
帶我到很遠很遠的地方
遠到讓我忘記
你已經搬進
別人的身體

怪物

你不會問我爲何總在深夜不睡
如果你的每個黃昏
都跟隨著死神

你不會好奇我爲甚麼落後人群
如果你知道惡魔
藏起了我的鞋

沒有東西能再讓你感到恐怖
只要你看過自己
哭不出來的臉

還有比這更難過的事情嗎
想起你也熱愛過生活
想起你曾經不是怪物

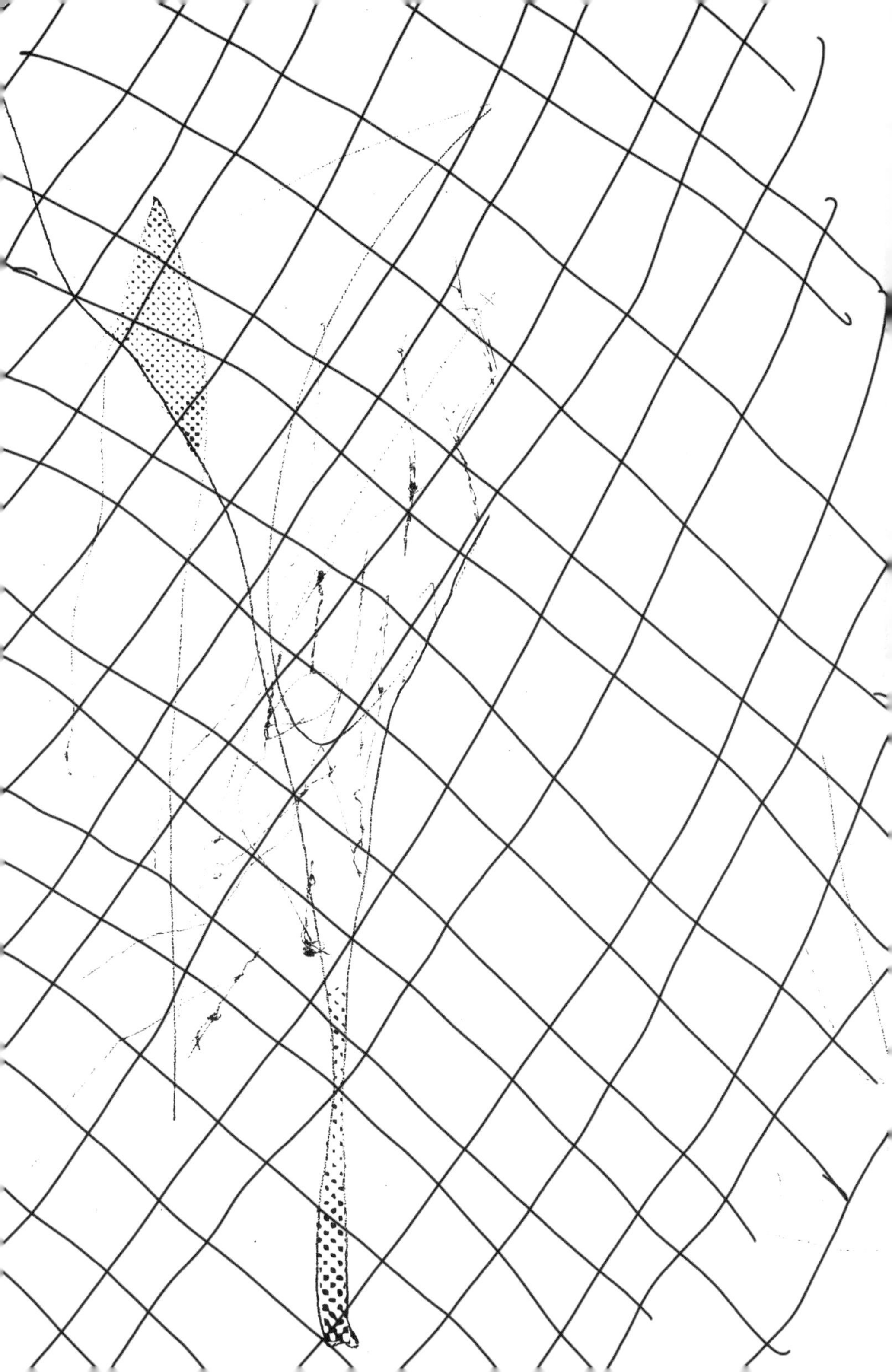

昨日

和前男友去吃迴轉壽司
他坐在我的右邊
我想或不想要的
都先經過他面前

左邊坐了對情侶
我不往左邊看去
前方是過去的時光
我下廚，他還沒起床

身後還有好多人排隊
等我們起身
他們就入座
我們也曾在等待的人群中
望著沒有起點和終站的軌道
緩緩前行
疲憊地拉著戀人的衣角
飢餓且快樂

他用竹筷將鮭魚腹分成兩半
他低頭專心彷彿在雕刻一座玻璃城堡
我正想開口問他這陣子過得好嗎
差點就錯過轉到眼前的一盤鮮蝦

結帳時店員拿出一張優惠券
說是下次再來消費打九折噢
我們同時開口說不用不用
同時享用尷尬的沉默

「之後還會推出新菜色。」

店員補充說。

我突然想問：那昨天剩下的

後來，都到哪裏去啦

星期三 I

掃落葉的人
踩到了酒瓶碎片
他不喊痛
一大早沒人在看

昨晚喝醉的人
正在夢裏進行校園屠殺
教官之後是數學老師
總是在槍口瞄準初戀情人時
鬧鐘響起

昨晚偷情的人
帶著一身香水味推開家門
他等著被甩巴掌
忘了他一個人住

我睜開眼
今天還是沒有死
只好繼續祈禱：下一次
轉生成你的手機
貼著你的臉
成全你所有祕密

星期三 II

我有一個家
但我不想回去

我想站在街頭
把自己最喜歡的詩
念給所有路過的人聽
或者跳舞
或當街大哭
讓所有人都感覺尷尬
讓所有人都感覺
自己很假

星期三

我比星期一更強壯一點
比星期四更無聊一點
但我還記得上個周末的孤單
這讓我希望時間暫時停止
假期不屬於我這種人
有一種人不論晴雨
都得打著傘

十一月

——致親愛的揮之不去的S.A.D
（Seasonal affective disorder）

變冷了
我這裏看不見滿山楓葉
也從不下雪

路上有人牽手
他們的大衣都很好看
他們並不看我

有時候獲得比失去殘忍
與他們擦身而過時
我對自己說

但我也就只是跟店員講了句謝謝
一邊從他手中接過熱咖啡
把他當作天使
把全家想成我家
店裏的存糧
足以讓我們撐到飛碟抵達
如果世界末日來臨的話

但末日還不會來
至少不會在我活著的時候
而我也沒有那麼容易死
就跟活著一樣難
店裏有孩子在跑
他們在笑
望著架上的棒棒糖
眼裏閃爍著光
我也曾經幻想擁有一座糖果屋
那時還不知道要親手殺掉巫婆
才能結束童話

十一月

越來越少為一首歌
流整夜的眼淚了
偶爾還是會懷念
有人與我一起相信世界末日的歲月

那些確實傷害你的

那些使你漲潮的
只是月亮
它不只爲你發光
它並不經常圓滿

那些確實傷害你的
都是生活
將你變成一截孤獨的漂流木
終日浮沉
也死不了

你是否和我一樣
擁有一把不知道用來開啟
哪扇門的鑰匙
衣櫃裏有件不再穿的外套
忘記自己從何時開始
失去遺棄的能力

你的心是否跟我很像
藏了一間凶宅
裏面活著幾個
已經離開的人

希望我們很像
在愛與被愛間
選擇當炸彈客
手中拿著藏寶圖
對世界打了個
大大的叉

我知道你在等待我走向你
可是我不知道我在哪裏
對不起，我不知道
我在哪裏

夜行性動物

作者　徐珮芬
編輯　邱子秦
行銷　劉安綺
發行人　林聖修

插畫　楊士慶
設計　楊士慶

出版　啟明出版事業股份有限公司
地址　台北市敦化南路二段 59 號 5 樓
電話　(02)2708-8351
傳真　(03)516-7251
網站　www.chimingpublishing.com
服務信箱　service@cmp.tw
法律顧問　北辰著作權事務所
印刷　漾格印刷企業有限公司

總經銷　紅螞蟻圖書有限公司
地址　台北市內湖區舊宗路二段 121 巷 19 號
電話　02-2795-3656
傳真　02-2795-4100

初版　2019 年 1 月
ISBN　978-986-96532-7-5
定價　NT$380　HK$110

國家圖書館出版品預行編目（CIP）資料

夜行性動物／徐珮芬著．-- 初版．--
臺北市：啟明，2019.1
面；　公分
ISBN 978-986-96532-7-5（平裝）
851.486　107016691

本書榮獲第二屆周夢蝶詩獎